句集

あるがまま

小倉英男

角川書店

目次

装画・大久保裕文
装丁・ベター・デイズ

句集

あるがまま

東日本大震災

平成二十四年

海境に光芒走り初日出づ

依代の巌に波寄せ初日さす

初日さす波翔けわたる群千鳥

身の弱り人には言はず薬喰

啓蟄や出土の土偶腰太き

東日本大地震（平成23・3・11）九句

春昼の天変地異の大地震

料峭や漁港呑み込む大津波

冴返る阿鼻叫喚の大津波

大津波雪解けの河遡る

春ならひ雪降り余震つづきけり

大津波跡を照らせる春の月

罹災地に老梅残り咲き匂ふ

液状化の泥突き出づる蘆の角

石灯籠地震《なゐ》に倒され地虫出づ

伊豆下田

錨据ゑペリー像立つ初燕

春蚊出づ祠にまつる陰の神

回る回る水子地蔵の風車
懸り藤四《し》万《ま》へ一里の谷の径

亀鳴くや場末に朽ちし湯《ゆ》女《な》の塚

アネモネや円卓に置く椅子三つ

柳絮とぶ諏訪を守りし浮城跡

諏訪大社

神とせる山の翠微に朴ひらく

美ヶ原　三句

雲は夏塩場に集ふ牧の牛

雲海の茜に浮ぶ槍・穂高

岩燕卍巴に暁けの岩場《がれ》
灯ともりて雨脚白し夕祓

余生わが急がず生きむ蝸牛

緑蔭に楽士ら集ひ音合せ

勅使門閉ぢ細巻きの落し文

炎天をゆく舌下錠首に吊り

徐徐にひらく月下美人の息づかひ
月下美人膾にされて食はれけり

浜晩夏赤潮寄するドック跡

地獄絵を見て現し世の風涼し

蜩や檜山の影の湖に澄み

森の魔女現はれさうな月夜茸

きちきちの翔ぶ東大寺古窯跡

大分・耶馬渓

葛咲ける鎖渡しの行者径

風三樓の絶句に対す秋灯下

瑞籬の秀つ枝に乾び鵙の贄

冬立つと風吹き募る岳樺

一湾に寝釈迦島置き小春凪

穴を掘りわが食ひ代の葱囲ふ
余白の日何をなせしか日記果つ

月日貝

平成二十五年

太平洋茜に染めて初日出づ

干支の辰七たび巡り初湯かな

菰を被て仏塔に侍す寒牡丹

晩年を汚さず生きむ寒北斗

神杉の間に凍てたる滝柱

雪あそびせし日の遠く共に老い

妻の絵に賛の句を入れ春を待つ

越冬燕翔べる高廈の空青し

二月逃げ月選句に追はれゐたりけり

村上葉子さんお通夜

お先にと遺影微笑み冴返る

梅林の富士瑞麗に風生忌

まんさくや御嶽《おんたけ》山望む木地師小屋

八十の夫婦の絆月日貝

若布採る三尋にあまる竿使ひ

江の島　五句

一遍上人島の井遺り諸葛菜

八臂弁天島を興せる樟若葉

みどり射す木食上人行場窟
媛宮に舞ふは青筋揚羽かな

江の島の巳の日詣の茅の輪かな

弟の叙勲の円居風かをる

浅野正顧問逝く

紫陽花の浄土へ召さる白寿翁

まくなぎを払ひ残れる飛蚊症

木洩れ日に揚羽の舞へる平家塚

風三楼遺墨奔放風入るる

月明に白蛾舞ひ出づ世阿弥の忌

九州・名護屋城址

征韓の城塁崩れ一葉落つ

母の忌にはらから集ひ衣被

眼裏に高廈崩るる震災忌

神木をのぼる一縷の蔦紅葉

天目の盃になみなみ新走り

秋篠寺

扉《と》をひらき紅葉明りに伎芸天

薬師寺

金堂の列柱の曳く冬日影

唐招提寺　二句

霊廟の池に水尾曳く鴨の群

戒壇の池に凛々しく冬あやめ

室生寺　二句

厨子ひらき観音在す冬紅葉

金堂の礎石の遺り石蕗の花

ばね指をさする勤労感謝の日

落葉して樹相おのおの異にせる

ダイヤモンド婚妻の白菜漬うまし

幻日の現《あ》れクリスマス寒波来る

隠れ耶蘇

平成二十六年

経世の為政者出でよごまめ嚙む

自らを矜らず生きむなづな粥

大利根の暮れ左義長の火の柱

下田・須崎

天を衝くどんど火に海暁け白む

叔母逝く

寒紅を引き九十の死出の旅

滝凍てて万象音を絶ちにけり

隕石の飛び散り地球冴返る

霾降れる秩父に農民一揆の碑

干鱈噛み独酌もまたよからずや

ドクターヘリ飛び立つてゆく花の山

桜蘂降る殉教の碑に佇ちて

小湊誕生寺

栄螺食ふ祖師誕生の絵図を見つ

両国回向院　三句

横綱のお練りもありて出開帳

小相撲の手を合はせをる出開帳

瓦礫より出でし菩薩も出開帳

日本ダービー制しジョッキー腕挙ぐ

箱根　六句

函嶺のけふ晴れ渡り朴の花

山荘の樹々移りつつ斑鳩啼く

野あやめを一輪挿しに朝茶の湯

早雲寺

風炉茶汲み宗祇の墓に詣でけり

後北条氏五代の墓

墓寂びて椎の花屑こぼれつぐ

父祖より承く寄木細工の技涼し

八つ橋に跼むは妣か花菖蒲

比類なき一句の欲しや青嵐

仮の世をあるがまま生き籠枕

ロープウェー降り雪渓の端をゆく

少年工として終戦の詔勅を拝す　二句

拳もて灼けし地を搏つ敗戦日

切歯扼腕共に哭しぬ敗戦日

風立ちて仮寝より覚む白木槿

野に寝ねてはたはた翔べる胸の上

ヒュッテの灯消し満天の星月夜

夕《ゆふ》光《かげ》に蘂からみ合ふ曼珠沙華

方円に従ひ水の澄みにけり

ケネディ新駐日大使

黄落や新大使乗せ儀装馬車

平戸・生月　五句

冬ざれや炎象《かたど》る殉教碑

水仙の芽の数多出づ焼《や》罪《ざい》跡

隠れ耶蘇磔刑の地や冬木の芽

殉教の十字架《クルス》の塔や時雨虹

切支丹処刑の浜や石蓴寄す

胼薬塗る妻の手を見てをりぬ

偕老のいつまでつづく冬帽子

等間隔に電柱つづく枯野道

白河の関

平成二十七年

八十六の素志を書きとむ初日記

人日の耳鼻咽喉科混み合へる

一禽も飛ばず全山枯れ深む

スキージャンパーＫ点越えのＶ飛行

クロッカスの侏儒《こびと》ぞくぞく土もたぐ

一鉢の迎春花置き稿起す

万物をあまねく春の光さす

小康の妻揺り椅子に目借り時

小上りに小半酒を端午の日

牡丹の花蕊に虻の没入す

伊藤左千夫生家　二句

渋取りの豆柿太り花こぼす

篠の子の滅法多き屋敷裏

九十九里　七句

防風摘む九十九里浜潮ぐもり

列をなし卯波とどろく九十九里

浜昼顔風紋すこしづつ動き

浜昼顔廃船半ば埋れをり

茅花流し潮騒高き智恵子詩碑

岬鼻の砲座の跡やはなうつぎ

ほととぎす波の伊八の天狗寺

稲花酒造蔵元

酒蔵の戸に酵母咲き梅雨兆す

梅雨の月同い年なる主治医逝く

水槽で泳いで見ぬか金魚草

朴の花仏掌の葉を広げ享く

甲斐駒の暁の雲脱ぐ夏つばめ

頼朝の旗上げの地や青嵐

城山の明けの刻告ぐほととぎす

近江八幡楽市通り夏つばめ

鮎食うて齢を愛しむ半夏生

聖書伏せ牧童ねむるハンモック
ハンモック水平線の浮き沈み

海の日や帽子を胸に登檣礼

蓮見舟（手賀沼）　六句

沼尻の舟みち狭め蓮咲ける

葉畳を分け入りめぐる蓮見舟

盛りあがる葉畳を抽き蓮ひらく

朝日享け咲くは百余の蓮の花

飛んで来し臀《と》呫《なめ》の止まる蓮の花

蓮の葉の大揺れ花の見え隠れ

那須・千振野　四句

雁渡る千振野に立つ拓魂碑

開拓地の空の真青や林檎もぐ

北風《きた》に耐へ縦は大樹に開拓地

ならひ吹く那須岳に向く開拓碑
晩秋の白き雨降る那須の原

黒羽　二句

芭蕉句碑めぐる黒羽秋しぐれ

歌仙巻きし庵を今に柿紅葉

遊行柳風に吹かるる刈田べり

殺生石

石と化す九尾の狐枯深し

白河の関　四句

冬木根につまづき登る古関址

鵙啼くや関の従二位の杉の鉾

藤の枯蔓大蛇のごとく巨木巻き

空濠に姥百合の枯れ種飛ばす

山嶺に雪降り樅の総立ちに
天守背に鴨鶴翼の陣を布く

ポインセチア真つ赤疑心が鬼を生む

時雨虹

平成二十八年

玻璃越しに天守を望み初句会

糟糠の妻あればこそ柳箸

扶け合ひ八十路を生きむ粥柱

八十余齢一瞬の間に寒昴

霜旦の鶏鳴悲鳴にも似たり

凍てまじと励し合へる夫婦滝

鶯に目覚め唾液の充ちつつあり
落第を告げオートバイ飛ばしゆく

臼撫でて値踏みしてをる農具市

一条の滝光り落つ芽吹き山

句集『壺天』にて、文學の森大賞受賞

賞受くは天の時なり松の芯

八ッ場ダム完成近づく　六句

雉子啼くや吾妻線の廃軌道

朴咲けるダム底となる駅舎跡

ほととぎすダム湖に沈む遺跡掘る

遷座せし諏訪の分社や樟若葉

弦張れる八ッ場大橋夏つばめ

V字谷堰堤工事夏旺ん

悼　藤井吉道さん

熱く語りし朋いまは亡ししぐれ

孫尚子結婚　四句

羽根ペンで結婚サイン風薫る

天主《デウス》の前妹背の契り薔薇香る

愛の鐘鳴らして薔薇のシャワー浴ぶ

祝婚のメタセコイアの若葉萌え

炎昼の火の赫奕とコンビナート

仮通夜の線香ともす青葉木菟

斎藤茂吉生家　四句

先づ茂吉の墓に詣づる一位の実

茂吉生家人棲み満天星紅葉燃え

金《かな》瓶《かめ》の寺子屋遺り地虫鳴く

茂吉少年あそびし須川芦の花

蔵王嶺の紫紺に鎮み刈田晴

舟唄や紅葉且つ散る最上峡

白糸の滝縷々と落つ紅葉谿

山寺　二句

岩山の峨々と紅葉づる立石寺

朴落葉頭に山寺の思惟仏

生来の山形訛り衣被

蔵王嶺に侍る刈田の藁ぼっち

尾花沢　二句

蕉翁の辿りし出羽の時雨虹

「朝てつかり聟泣せ」てふ出羽しぐれ

（注）朝てっかりは、「朝晴れ」のこと。出羽の方言

雲間より日矢射し出羽の山眠る

冬青空メタセコイアの天を摩す

息白く渚を駆くる当歳馬

家居して書債を果す年の暮

冬怒濤

平成二十九年

米寿なほ為すこと多し初寝覚

聴きゐしは迦陵頻伽か夢始め

銅鑼打って関帝廟へ寒詣

米寿われ語尾を強めて鬼は外

二胡の音の古城に澄める梅月夜

野《の》阜《づかさ》の風の高鳴り梅二月

今もなほ風評被害フクシマ忌

跋扈する猪《しし》・白鼻心フクシマ忌

辛夷咲く里に還れずフクシマ忌

大方の友は仏に青き踏む

堅香子や豹の斑《まだら》に日のこぼれ

悼　舘岡沙緻さん

情の濃き人でありしよ紅うつぎ

北茨城・大津港

重機入れ嵩上げ進む港首夏

花岡神社　三句

奥山の朱塗り権現青しぐれ

梅雨空を衝く山祇の天狗樟
白雨晴れ杉の青炎秀を競ふ

五浦・岡倉天心の墓

松の花こぼれ苔むす土饅頭

五浦　三句

夏潮の激つ荒磯の六角堂

玫瑰や天心旧居開け放ち

風かをる「亜細亜は一つ」のモニュメント

勿来　三句

桜蘂雨に散り敷く勿来径

老鶯や勿来の関の石碑寂び

勿来よりみちのくへ入る遠郭公

骨の樹にからみ凌霄花《のうぜん》火を吹けり

蟬の羽根曳き凱歌挙ぐ蟻の列

晶子の忌コクリコ園に乱れ咲き

一句成り十句を捨つる明易し

この嬰《こ》大器晩成となれ天瓜粉

落蟬の空《くう》に眼を剝き息絶えぬ

岬に佇ち海のこゑ聴く敗戦日

食細きベッドの妻へラ・フランス

宇宙遊泳せむと蓑虫顔をあぐ

穂芒の揺れ月光をこぼしけり

能登気多大社　二句

猿茸入らずの森の大樹朽ち

神の森入るを咎むる鵙の声

能登金剛　三句

能登の海昏く濤立ち泡立草

冬の濤海蝕洞を噴き激ち
家持も聴きしか能登の冬怒濤

粉雪降る能登のバス停柴囲ひ

富山・五箇山　二句

炉の主コキリコ鳴らし語り継ぐ

小切子唄聞ゆ五箇山しぐれかな

曾孫の汝れは誰れ似か風邪引くな

盃重ね師弟歓語の年忘れ

綿虫や背戸で泣きゐし妣を知る

浄闇の火の粉高舞ふ除夜詣

花の宴

平成三十年

初茜さす大富士の雲放ち

春嶺七〇〇号記念行事迫る

頼むぞと先師の告ぐる初寝覚

子や孫に頼らず生きむ粥柱

吹雪く夜の佐久の鯉濃熱しあつし

駒返る草や九十の志

岬窪に朝の日あふれ水仙花

春節の蛇踊り道を塞ぎたる

樹から樹へ蝦夷栗鼠駆くる芽吹き山

潮騒の安房の菜の花月夜かな

落椿浄土日を経ず穢土と化す

平明な師風を継がむ風生忌

春嶺七〇〇号祝賀会　五句

市ヶ谷の花愛で共に誌齢祝ぐ

祝宴のさくら連なる大玻璃戸
獅子舞の出で花の宴酣に

歌姫と握手を交はす花の宴

腕を組み大合唱す花の宴

軍国少年九十を迎ふ春の風

九十は天与の齢花に酌む

足弱の妻も米寿に額の花

家族で小宴

米寿の妻ケーキ入刀風薫る

足利学校ほか　五句

伝へ継ぐ字《かな》降《ふり》松《まつ》や緑立つ

楷青葉玉眼光る孔子廟

木造の衆寮のこり青しぐれ

錠鎖して一切経堂梅雨に入る

下野に飛ぶは緋縅蝶なりけり

日光・田母沢御用邸　五句

万緑や玻璃戸巡らす御用邸

謁見の間のシャンデリア若葉光

白根葵活け「重文」の額掲ぐ

杉戸絵の鶴の飛翔や緑さす

邸内に山水を引き九輪草

滝となる直前の水激ち合ひ

礎《いしじ》撫で飲食共に沖縄忌

一喝後の微笑恋しや往来忌

妻病む　二十三句

救急車の妻昏睡す朝ぐもり

酸素マスクの妻の応へず雲の峰

意識障害と診断される

会話なきに妻病みしとよ捩れ花

俳句一途になり、高齢の妻を顧みざれば

旱星妻の譫《せん》妄《まう》非は吾れに

白南風や意識戻りし妻片言

点滴の妻のねむれる晩夏かな

祭囃子聞こゆベッドの妻に添ひ

冷蔵庫のものを漁りて食ひつなぐ

よちよちの歩行訓練妻の夏

退院の妻を向日葵迎へくれ

妻看取り奥歯の痛む夏の果

デイケアの妻を見送る今朝の秋

妻尿す音に目覚むる秋の夜

吾れも病む

肺炎の点滴を受く秋の蟬

吾れも又臥す身となりぬ雁のころ

秋の夜や痰のつまりて咳込みぬ

妻再入院

馬肥ゆる秋や米寿の妻の痩せ

米寿後の老老介護小鳥来る

病む妻の吾れは僕《しもべ》よ林檎むく

老妻を看とるも縁十三夜

うすれゆく妻の記憶よ蓼の雨

冬の日や浮腫みし妻の足さする

当番で子らも妻看る十二月

妻施設に

平成三十一年～令和元年

子や孫に曾孫加はり屠蘇を注ぐ

袋田の滝

四度の滝末広がりに凍てにけり

氷柱垂れ月下にひびくビオラの音

皆既月蝕浮べ天狼青く澄む

寒月下己が道ゆく杖の音

中廊下這ひ用足しに妻の冬

夜の更けて妻の咳込む襖越し
妻臥せる部屋開け放ち鬼は外

老妻を看取り炊事や水温む

今日を生き明日を恃む牡丹の芽

潮垂るる若布籠提げ海女戻る

老梅の幹の図太く兜太の忌

病む妻のおまるを洗ひ初音聴く

朝寝して九十一のストレッチ

薄氷を甕の金魚の突つきをり

斑雪嶺に対す峠の大辛夷

曾孫のこたびは姫や遊蝶花

妻三たび入院後施設に入る　十四句

ベッドより落ち吾れを呼ぶ春の闇

起居ままならず施設へ二月尽

夫婦雛飾る施設の妻の部屋

施設まで徒歩二十分ほどにあれば

施設まで散歩コースに春の風

風光る離ればなれに暮らすとも

春の星私語くホームの妻見しや

初蝶や妻のホームへ通ふ径

春あけぼのホームの妻の目覚めしや

レース越し静臥の妻に春日さす

八十八夜施設の妻に逢ひにゆく

傾眠の妻よ目覚めよ若葉晴

梅雨の窓くもりベッドの妻ねむる

また来ると妻の手握る梅雨夕焼

施設の妻命愛しめよ半夏生

今日よりは令和の世なり風薫る

野に山に若葉かがやく令和の日

九条は永久《とは》に憲法記念の日

海碧く帆船の現《あ》れ五月来ぬ

甲斐躑躅ヶ崎館　二句

瑠璃啼くや修復成りし能舞台

館趾土塁の崩れさびた咲く

昇仙峡山頂

郭公や和合権現陰祀り

陰祠よりするすると青蜥蜴

山廬　七句

蛇笏・龍太の霊に合掌風薫る

仏間借り中食新茶いただきぬ

累代の瑞祥松や緑立つ

春蝉や山廬の庭に椅子二脚

山廬より仰ぐ連山清和の天

若竹の競ひ連山晴れ渡り

言霊の棲める山廬の大夏木

寝ねがてに安定剤飲む河童の忌

万物の生生流転天の川

蜘蛛の囲のメトロ路線図震災忌

船橋市前原百庚申塔

邪鬼を踏む金剛童子曼珠沙華

悼　岡本眸さん

秋の夜の二星語るはあや・眸

竹馬の友皆死んぢやつた赤とんぼ

湖よりの霧巻舒たり吾亦紅

悼　村上政邦さん

朋逝きぬ両国橋の名残り月

卒寿後の日々息災に根深汁

蜘蛛の囲に虫のむくろの揺れ合へる

綿虫の消え耳鳴りの残りけり

海昏れて浮標《ブイ》に日のさす浮寝鴨

あるがまま九十を生きむ冬銀河

句集　あるがまま　畢

あとがき

『あるがまま』は第六句集で、平成二十四年から令和元年までの八年間の作品三八〇句を収めた。作句年は、これよりほぼ一年前のもの。私の八十四歳から九十一歳までにあたる。

句集名は、老子の「道」の思想を実践するために唱えた「無為自然」〝為すこと無く自ずと然り〟の意訳の中から採った。「ことさらなんの作為をせず、あるがままに自ずとそうなっていく」ような生き方を心に持つ。それは、水のように生きることでもある。

平成二十年三月の「春嶺」年次大会において、私は岩崎健一師から主宰を継承し、二十九年九月まで九年六カ月主宰を務めた。その間多忙であったが、同人、誌友各位の支援、協力により充実した日々を送ることができた。

句集には、春の一泊二日の吟行会、秋の二泊三日の鍛練会の作品に日々の日常吟、後半は、妻の病気の記録等を残すことにした。

妻は、私が主宰を退任する二カ月前の七月十日朝、昏睡状態になり、救急車で病院に緊急入院し、意識障害と診断された。三日ほどして意識がすこし戻り、意味のわからない片言を発するようになったが、意識の混濁はつづいた。一カ月程で退院。それから訪問看護をたのみ治療に専念したが、ベッドから落ちたり、五、六年前に患った背中の圧迫骨折も痛み出したりして入退院を繰り返した。足腰も不自由になり、現在「老人施設」に入所している。

私は主宰を辞めたら、すこしは楽になり本を読んだり、妻と旅行もできると思っていた。ところが妻を看病することになり、始めは人の世の無情を感じたが、長く連れ添った九十の妻の世話をする、これも夫婦の絆で、幸せなことではないかと思うようになった。

作家五木寛之氏は『大河の一滴』の中で「本来、人間の一生とは、苦しみと絶望の連続ではないか。そう〝覚悟〟するところから、すべては開けるのではないか」と喝破している。この言葉は、「ブッダ」、「親鸞」の教えとも合致し、私は深く感銘した。

芭蕉も『奥の細道』の後半で「人生の無常を嘆くだけでなく、これを面白し」とさらりと詠む、「かるみ」を発見した。これが芭蕉俳諧の新味である。

俳句は自然随順の詩。自然と人間の係わり合いを大切に、自然の理《ことわり》にさからわず、作為等を入れずに詠むべきではないか。私の俳句は、まだそれに至っていないところもある。

九十をすぎて、これからの短い余命を「あるがまま」に生き、そうした俳句を作りたいものである。

終りに「日本の俳人１００」に加えていただいた立木編集長ならびにスタッフの皆さまにお礼を申しあげます。

令和二年重陽の日に

小倉英男

著者略歴

小倉英男

おぐら ● ひでお

昭和3年4月15日、千葉県習志野市生

昭和21年より作句、始めは「ホトトギス」同人柏崎夢香・林蓼雨先生の指導を受け、「ホトトギス」「山彦」等に投句。昭和43年より「若葉」「春嶺」に依り富安風生・岸風三樓・宮下翠舟先生に師事

昭和45年春嶺賞受賞

平成6年往来賞受賞

平成27年句集『壺天』にて文學の森大賞受賞

平成29年9月まで「春嶺社」主宰、現在特別顧問

公益社団法人俳人協会名誉会員、俳人協会千葉県支部顧問

句集『乾坤』『磐座』『知足』『光陰』『壺天』『自註小倉英男集』

現住所　〒274-0824　船橋市前原東5-20-5

句集　あるがまま

春嶺叢書 163 集

初版発行　2020 年 11 月 25 日

著　者　小倉英男
発行者　宍戸健司
発　行　公益財団法人　角川文化振興財団
〒 359-0023　埼玉県所沢市東所沢和田 3-31-3
ところざわサクラタウン 角川武蔵野ミュージアム
電話 04-2003-8716
http://www.kadokawa-zaidan.or.jp/
発　売　株式会社　KADOKAWA
〒 102-8177　東京都千代田区富士見 2-13-3
電話 0570-002-301（ナビダイヤル）
https://www.kadokawa.co.jp/
印刷製本　中央精版印刷株式会社
 ISBN978-4-04-884389-8 C0092

角川俳句叢書　日本の俳人100

青柳志解樹
朝妻　力
有馬朗人
安西　篤
伊丹三樹彦
伊藤敬子
伊東　肇
井上弘美
猪俣千代子
茨木和生
今井千鶴子
今瀬剛一
岩岡中正
尾池和夫
大石悦子
大牧　広
大峯あきら
大山雅由

小笠原和男
小川晴子
奥名春江
小倉英男
落合水尾
小原啄葉
恩田侑布子
甲斐遊糸
加古宗也
柏原眠雨
加藤憲曠
加藤耕子
加藤瑠璃子
金箱戈止夫
神尾久美子
九鬼あきゑ
黒田杏子
小島　健

阪本謙二
佐藤麻績
塩野谷仁
柴田佐知子
柴田多鶴子
小路紫峡
鈴木貞雄
鈴木しげを
千田一路
高橋将夫
田島和生
棚山波朗
辻　恵美子
坪内稔典
出口善子
手塚美佐
寺井谷子
名村早智子

鳴戸奈菜
名和未知男
西村和子
根岸善雄
能村研三
橋本榮治
橋本美代子
藤木倶子
藤本安騎生
藤本美和子
文挟夫佐恵
古田紀一
星野恒彦
星野麥丘人
松尾隆信
松村昌弘
黛　執
岬　雪夫

三村純也
宮田正和
武藤紀子
村上喜代子
本宮哲郎
森田　峠
山尾玉藻
山崎　聰
山崎ひさを
山田貴世
山本洋子
柚木紀子
依田明倫
若井新一
渡辺純枝
ほか

（五十音順・太字は既刊）